Este libro pertenece a

...............Morgan...............

....

Quarto is the authority on a wide range of topics.

Quarto educates, entertains and enriches the lives of our readers—enthusiasts and lovers of hands-on living.

www.quartoknows.com

Autora: Sue Nicholson
Ilustradora: Flavia Sorrentino
Diseñadora: Victoria Kimonidou
Editora: Emily Pither

© 2019 Quarto Publishing plc

Sue Nicholson ha ejercido su derecho a ser identificada como la autora de esta obra.

Publicado en los Estados Unidos por QEB Publishing
6 Orchard, Suite 100
Lake Forest, CA 92630
T: +1 949 380 7510
F: +1 949 380 7575
www.QuartoKnows.com

Información disponible sobre el registro CIP de la Biblioteca del Congreso.

ISBN 978-1-78603-970-5

Impreso en Shenzhen, China HH092018

9 8 7 6 5 4 3 2 1

MIXTO
Papel procedente de fuentes responsables
FSC® C017606

EL GRAN LIBRO de CUENTOS REVUELTOS

cuentos sobre la **AMABILIDAD, RESPONSABILIDAD, HONESTIDAD, & EL TRABAJO EN EQUIPO**

ÍNDICE

Las zapatillas de ballet de Cenicienta

Una historia sobre AMABILIDAD

Había una vez...

una montaña azul y brumosa.

Debajo de la montaña azul y brumosa
había un bosque oscuro y salvaje, y
cerca del bosque, había un pueblo.

ESCUELA

El pueblo tenía un arroyo, un estanque de patos y un viejo manzano rojo.
Allí vivían **Cenicienta** y sus amigos de los cuentos.

Cenicienta vivía con su papá, su madrastra
y sus dos hermanastras, Rubí y Perla.

Su familia era pobre
pero feliz...

...bueno, ¡casi siempre!

10

Cenicienta era muy buena y amable. Adoraba a su familia. También le gustaba bailar.

Bailaba mientras hacía sus tareas.

Bailaba cuando iba a la escuela.

ESCUELA

Y bailaba cuando cuidaba a Rubí y a Perla.

11

Un día, recibieron grandes noticias.
Iban a abrir una escuela de baile en el pueblo.

—Don Príncipe, el profesor de baile
nos va a dar clases a todos.—dijo
Bella—. Solo necesitamos zapatillas
de ballet. ¡Voy a comprar las mías!

Cenicienta quería ir a las clases de baile, pero sabía que su familia no tenía dinero para comprar unas zapatillas de ballet.

—¡A lo mejor te las podemos regalar el día de tu cumpleaños! —dijo su papá.

¡Pero faltaba casi **un año** para eso!

En la escuela, todos hablaban de las clases de baile.

Cenicienta intentó no molestarse cuando vio que Blancanieves tenía zapatillas blancas de ballet...

...¡y Bella tenía
TRES pares!

Pero le resultó **muy** difícil no molestarse cuando
a sus hermanas gemelas les regalaron
por su cumpleaños...

15

...¡zapatillas de ballet!

—¡Rosadas! —exclamó Rubí.

—¡Con cintas rosadas! —exclamó Perla.

'Justo como yo las quería",
pensó Cenicienta.

16

—Baila con nosotras, Cenicienta —gritaron,
pero Cenicienta no tenía ganas de bailar.

Fue a visitar a su
madrina, Griselda.

—No es justo —le dijo Cenicienta a Griselda—. Yo también quería
ir a clases de baile, pero no tengo zapatillas de ballet.
Todas tienen zapatillas de ballet menos yo.

¡Achús!

estornudó Griselda,
que estaba resfriada.

—Intenta mantenerte ocupada y ser feliz —le dijo Griselda a Cenicienta—. Nunca se sabe. A lo mejor, al final todo se arregla.

19

Cenicienta intentó mantenerse
ocupada. Hizo sus tareas.

Ayudó a sus amigas con sus
tareas.

FLICK

Fue muy amable.

20

Y todas las noches, cuando volvía de la escuela, cuidó a Griselda hasta que se le curó el resfriado.

¡Achús!

¡Achús!

Pero le resultaba muy difícil ser feliz.

La escuela de baile iba a abrir ese fin de semana.
Cenicienta quería quedarse en la cama, pero de pronto oyó un...

¡Toc!

Era Blancanieves.

—Toma, son para ti —dijo Blancanieves—.
Siempre eres muy amable y además, te gusta
bailar mucho más que a mí.

—¿De verdad? —exclamó Cenicienta—.
¡Gracias!

Pero cuando se las probó...

...le quedaban
demasiado **grandes.**

23

¡Toc! ¡Toc! ¡Toc!

Era Bella.

—Toma, son para ti —dijo Bella—.
Siempre eres muy amable y además,
¡yo no necesito **TRES** pares!

—¿De verdad? —preguntó Cenicienta.
Bella asintió.

Pero cuando se las probó...

...le quedaban demasiado pequeñas.

25

¡Toc! ¡Toc!

¡Toc!

Esta vez era Griselda.
Llevaba una caja azul y
polvorienta con estrellitas
plateadas.

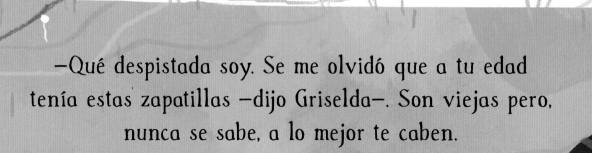

—Qué despistada soy. Se me olvidó que a tu edad
tenía estas zapatillas —dijo Griselda—. Son viejas pero,
nunca se sabe, a lo mejor te caben.

Cenicienta abrió la caja. Dentro había un par de zapatillas de ballet rosadas con cintas rosadas. Se las probó y...

...¡eran de la **talla perfecta!**

—¡Gracias!
—exclamó Cenicienta dándole
un gran abrazo a Griselda.

Y se fue dando saltitos por la calle para asistir
a su primera clase de baile con sus amigas.

Siguientes pasos

Temas de conversación

Comente con los niños el significado de la palabra "amabilidad". Explíqueles que es importante ayudar a los demás y hablen sobre cómo se sienten las personas cuando alguien es amable con ellas o cuando ellas son amables con los demás. Abajo tiene sugerencias para hablar sobre el cuento. Estas conversaciones ayudan a mejorar la comprensión y las destrezas críticas de los niños, además de ayudarlos a entender mejor el concepto de la amabilidad.

- Piensen en las partes del cuento que muestran que Cenicienta era amable. ¿Qué fue lo más amable que hizo Cenicienta en este cuento?
    - ¿De qué maneras son ustedes amables?
    - ¿De qué maneras podrían ser amables con sus amigos y familiares?
    - Piensen en las palabras: ayudar, felicidad, amor y amistad. ¿Qué les hacen pensar esas palabras?
- ¿Quién era el personaje más amable en el cuento? ¿Fueron las amigas de Cenicienta amables con ella?
    - ¿Hoy fueron amables con alguien?
    - ¿Pueden recordar algún día en el que un amigo fue amable con ustedes? ¿Qué hizo?
- ¿Creen que a Cenicienta le resultaba fácil ser feliz?
    - ¿Cómo se sienten cuando no consiguen lo que quieren?

El árbol de la amabilidad

En una cartulina o en el pizarrón, dibuje el tronco y las ramas de un árbol. Entregue a los niños papeles de colores, lápices de colores, tijeras y plantillas de hojas. Muestre cómo se usan las plantillas para dibujar hojas en los papeles de colores y después muestre cómo se recortan. En otra cartulina, escriba palabras del cuento que tengan que ver con la amabilidad o deje que los niños sugieran otras palabras. Pídales que escriban una oración en sus hojas que empiece con "Yo...." y describan lo que hacen ellos para ser amables. Ejemplo: "Yo ayudo", "Yo doy las gracias". Dígales que pongan sus nombres en las hojas y después, péguelas en las ramas del árbol. A lo largo del año pueden seguir añadiendo hojas al árbol para fomentar la amabilidad.

¡DESPIERTA, Bella Durmiente!

Bella vivía con su mamá y su papá
en la casa más grande del pueblo.

A Bella le gustaba ayudar, pero a
veces era un poquito vaga.

YO AMO
LOS PONIS

El día de su cumpleaños, Bella quería que le regalaran un poni,
pero su papá y su mamá no estaban convencidos.

–Tener un poni es una
GRAN responsabilidad
–le dijeron sus padres.

–Un poni da **MUCHO**
trabajo. Hay que darle de comer,
cepillarlo y limpiar su establo
todos los días.

–Me levantaré muy temprano –dijo Bella–. **¡LO PROMETO!**

Así que le regalaron el poni.
Tenía el pelaje suave y marrón
y unas crines muy largas.

Bella lo llamó Flick.

Al principio, Bella cumplió su promesa.

Todos los días, se levantaba temprano para llenar el comedero de heno y poner agua fresca en el bebedero.

Lo cepillaba hasta que su pelaje quedaba muy brillante.

¡Y no le importaba nada limpiar su establo!

Y todas las noches, antes de ir a la cama, Bella le daba una manzana roja y brillante, su comida favorita.

Pero los padres de Bella tenían razón.
Era una **GRAN** responsabilidad.
Y Bella se cansó de cuidar a su poni.

A veces, les pedía ayuda a sus amigos Cenicienta, Blancanieves y Juan, y ellos la ayudaban porque también les gustaba Flick.

Pero estaban muy ocupados y tenían que hacer sus propias tareas.

FRIJOLES FRESCOS

Pasaban las semanas y Bella cada vez cuidaba menos a Flick.

—¿Hoy no vas a cepillar a Flick?
—le preguntó su mamá.

—Ahorita voy —bostezó Bella.

—¿Has limpiado el establo de Flick?
—le preguntó su papá.
—Lo haré esta noche —contestó Bella.

Pobre Flick. Su establo estaba sucio y tenía el pelaje lleno de polvo y de trocitos de paja.

41

Flick miraba la ventana de Bella.
Estaba harto de vivir en un establo sucio y
no recordaba la última vez que Bella le había
dado una manzana.

Flick empujó la puerta del establo... Bella
se había apurado tanto en hacer sus tareas,
¡que se olvidó de poner la cerradura!

43

—¡Despierta, Bella! —gritaron su mamá
y su papá a la mañana siguiente.

—¡FLICK NO ESTÁ!

Bella salió de la cama de un salto
y corrió afuera.
—Se fue por mi culpa —dijo llorando
cuando vio el establo de Flick
vacío—. Tenía que haber sido más
cuidadosa.

44

Bella buscó a Flick, pero no lo encontró en ningún lugar.

PERDIDO

FLICK

PERDIDO

FLICK

Se quedó toda la noche despierta y muy preocupada por su poni.

Bella fue a ver a su madrina, Griselda.

—Flick se fue porque
no lo cuidé bien —le dijo Bella
a Griselda.

—Intenta no preocuparte
—dijo Griselda— y déjale una de
estas manzanas.

46

Esa noche, Bella dejó una manzana
roja y brillante encima de la valla.
—Perdóname, Flick —susurró—.
Por favor, regresa a casa.

Y al día siguiente...

47

...Flick regresó.

—¡**Flick!** —exclamó Bella, dándole
un gran abrazo.

—Te prometo que nunca más me quedaré en la
cama en lugar de cuidarte.

Flick relinchó y movió la cabeza. Estaba
feliz de haber regresado a su casa...

...sobre todo porque a partir de ese día,
Bella siempre madrugaba para cuidarlo...

...y **NUNCA** se olvidó de darle su manzana.

51

Siguientes pasos

Temas de conversación

Comente con los niños el significado de la palabra "responsabilidad". Explíqueles que es importante cumplir con nuestras obligaciones y aceptar las consecuencias positivas o negativas de nuestros actos. Abajo encontrará sugerencias para comentar el cuento. Estas conversaciones ayudan a mejorar la compresión y las destrezas críticas de los niños, además de ayudarlos a entender mejor el concepto de la responsabilidad.

- Piensen en las partes del cuento que muestran que Bella era responsable. ¿Cuáles eran sus responsabilidades? ¿Qué tenía que hacer?
    - ¿Ustedes tienen alguna responsabilidad en su casa?
    - ¿Y en la escuela?
    - ¿Cuáles creen que son las responsabilidades del maestro o la maestra?
- ¿Qué pasó cuando Bella no cumplió con sus obligaciones?
    - ¿Debería haber consecuencias si alguien no cumple con sus obligaciones?
- Cuando Flick regresó, Bella se levantaba temprano para cuidarlo. ¿Cómo creen que se sintió Bella cuando regresó Flick?
    - ¿Por qué es importante que todos seamos responsables?

Plantar semillas

Entregue a cada niño un recipiente vacío de yogur y marcadores de colores para que escriban su nombre. Reparta a cada uno un trozo de algodón, agua y una cucharada de semillas de pasto. Comente con ellos cuáles son sus obligaciones para que crezcan las semillas. ¿Qué tienen que hacer para que crezcan las semillas? Por ejemplo: mantener el algodón húmedo y el recipiente en un lugar cálido donde le dé el sol. ¿Qué ocurre si no son responsables? Muestre cómo se pone el algodón en el recipiente, añada un poco de agua y después, las semillas. Cuando todos hayan plantado sus semillas, reparta una hoja de papel a cada uno y pídales que escriban lo que deben hacer para que crezcan las semillas.

Juan rompe las plantas de frijoles

Una historia sobre **HONESTIDAD**

A Juan le encantaba trepar.

Siempre trepaba el pino
que había cerca de la casa
de su amiga Bella...

...y el viejo manzano
del jardín de Griselda.

—No te subas a las plantas de frijoles
—le decía su mamá. Era primavera y estaban saliendo
los primeros brotes.

'—Si lo haces quebrarás los tallos y nos
quedaremos sin **frijoles** para hacer la
sopa del festival de otoño del pueblo.

—No lo haré —prometió Juan.

Pero ese verano las plantasde frijoles crecieron...

y crecieron...

y **crecieron**, ¡hasta que se hicieron más altas que la casa de Juan!

Juan estaba **deseando** treparlas.

58

—¡Seguro que la vista es increíble desde ahí arriba! —le
dijo a Cenicienta cuando regresaban de la escuela
a su casa.

Una noche, Juan no pudo aguantar más. Salió de su casa a escondidas y empezó a trepar la planta de frijoles que tenía más cerca.

¡Cric!

¡Cric!

El tallo crujía mientras Juan trepaba entre las hojas.

Hasta que...,
¡Crac!

¡El tallo se quebró y Juan se cayó al suelo!

Pero Juan decidió intentarlo una vez más.
¡Seguro que ahora conseguiría llegar arriba
del todo! Así que comenzó a trepar
un tallo...

¡Crac!

y después el siguiente...

¡Crac!

y el siguiente...

¡Crac!

62

hasta que se quebraron todos los tallos.

Juan se fue a la cama, pero se sentía muy mal.
¿Qué le iba a decir a su mamá?

—¡Ha pasado algo espantoso con nuestras plantas de frijoles! —gritó la mamá de Juan a la mañana siguiente—. Juan, ¿te trepaste a las plantas?'

—**No** –mintió Juan.

—Dime la verdad, Juan. ¿Fuiste tú?

—**No** –volvió a mentir Juan.

—Recuerda que es muy importante decir siempre la verdad —dijo la mamá de Juan—. ¿Quebraste tú las plantas, Juan?

—**No** —mintió Juan por tercera vez—.
Seguramente fue el gato de Griselda.

Juan se fue corriendo y se escondió
en el manzano de Griselda.

—¿Qué estás haciendo ahí? —le
preguntó Griselda.

—Le mentí a mi mamá. Le dije que el gato había
quebrado las plantas de frijoles, pero fui **yo**.

66

—Ay, no —dijo Griselda—. ¿No crees que deberías decirle la verdad?

Juan asintió. Sabía que era lo correcto.

—Pero no sé qué voy a hacer con las plantas de frijoles —dijo Juan—. ¡**No** tenemos frijoles para la **sopa de frijoles**!

Griselda le dio a Juan un frijol morado.
—Planta esto.

67

—Fui yo, mamá —dijo Juan cuando llegó a su casa—.
Perdóname por haber quebrado las plantas y por haber mentido.

—Ay, Juan. Ya sabía que habías
sido tú —contestó su mamá—,
¡pero estaba esperando a que
me dijeras la verdad!

—¿Estás enojada? —preguntó Juan.

—Ahora no porque has sido honesto —dijo su mamá, dándole un abrazo.

—Mira lo que me dio Griselda —dijo Jack
monstrándole el frijol a su mamá.

Esa noche, Juan y su mamá plantaron en su huerta
el frijol morado que les había dado Griselda.

Al día siguiente, se llevaron una **gran** sorpresa.

El frijol era **mágico** y se había convertido en una planta de frijoles enorme con un tallo muy grueso que llegaba hasta las nubes.

—¡Mira cuántos frijoles!
—exclamó la mamá de Juan.

—¿Cómo los vamos a recoger?
—preguntó Juan.

—¡Creo que vas a tener que **trepar la planta de frijoles!** —se rio su mamá.

Así que al final, Juan tuvo que trepar la planta de frijoles...

y recogió tantos frijoles que él y su mamá pudieron
hacer **un montón** de **sopa de frijoles** para
el festival de otoño de ese año.

Siguientes pasos

Temas de conversación

Comente con los niños el significado de la palabra "honestidad". Explíqueles por qué siempre es mejor decir la verdad. Abajo tiene sugerencias para hablar sobre el cuento. Estas conversaciones ayudan a mejorar la comprensión y las destrezas críticas de los niños, además de ayudarlos a entender mejor el concepto de la honestidad.

- ¿Creen que Juan fue honesto en este cuento?
- ¿Cómo se sintió Juan después de mentir a su mamá?
  - ¿Por qué creen que a veces la gente miente?
- ¿Cómo creen que se sintió Juan cuando le dijo la verdad a su mamá?
  - ¿Por qué creen que es importante decir siempre la verdad?
  - ¿Les cayó mejor Juan cuando dijo la verdad?
- Piensen en el final del cuento. ¿Qué hizo Griselda para ayudar? ¿Fue un final feliz para todos?
  - ¿Han visto o leído algún otro cuento de Juan y los frijoles mágicos?
  - ¿En qué se diferencia este cuento a los otros?

Escribir cartas

Entregue a cada niño una hoja de papel con rayas y un borde de 2 cm. Pídales que dibujen una planta de frijoles en el borde y peguen frijoles que pueden pintar en papeles morados o marrones y recortarlos. Dígales que se imaginen que son Juan y quieren escribirle una carta a su mamá para pedirle perdón por quebrar las plantas y mentir. Antes de empezar, recuérdeles algunas partes del libro que a lo mejor quieren incluir. Por ejemplo:

A Jack le encantaba trepar y cuando crecieron las plantas de frijoles, estaba deseando treparlas.

Juan se sentía muy mal, pero no sabía cómo contárselo a su mamá.

Al final, Juan dijo la verdad

Deje que los niños lean sus cartas en voz alta. Puede exponer las cartas en la pared para recordar a los niños la importancia de ser honesto.

Blancanieves, estrella goleadora

A Blancanieves le encantaba jugar al fútbol.

Jugaba cuando iba a la escuela...

cuando volvía a su casa...

y después de cenar, antes de ir a la cama.

76

Hasta **soñaba** con el fútbol.

77

Blancanieves jugaba con sus amigos en el equipo del pueblo.
Iban a jugar un partido contra los ogros del pueblo vecino
y ella era una de las mejores jugadoras.

El único problema era
que no pasaba la pelota.

—¡Pásamela!
—gritaba Juan.

—¡Aquí!
—decía Ricitos de Oro.

Pero Blancanieves quería anotar **todos los goles** ella sola.

79

Un día, Blancanieves pateó la pelota con tanta fuerza que salió volando hasta la casa de Rumpelstiltskiny rompió los gnomos que tenía en el jardín.

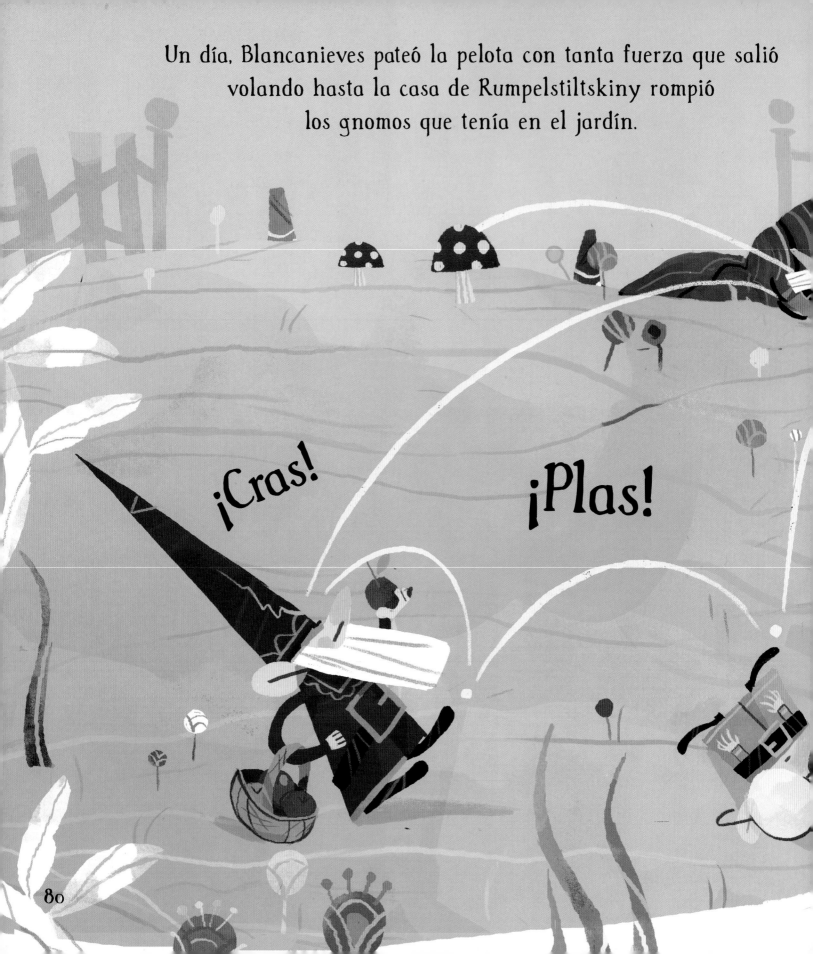

¡Cras!

¡Plas!

¡Crac!

Rumpelstiltskin estaba muy enojado.
—¡Fuera de aquí! —gritó—. ¡Busquen otro sitio para jugar!

—Es culpa tuya —le dijo Ricitos de Oro a Blancanieves—. Estabas demasiado lejos para anotar. ¡Tenías que haber pasado la pelota!

—No sabes jugar con tus compañeros y no es divertido jugar contigo —dijo Juan—. ¡Te tienes que ir del equipo!

Blancanieves siguió jugando al fútbol,
pero no era lo mismo sin sus amigos.

—¿Estás bien? —le
preguntó Griselda.

—Mis amigos no quieren que juegue con ellos
¡y Rumpelstiltskin está enojado porque
rompí sus gnomos! —dijo Blancanieves.

—Rumpelstiltskin no es mala persona —contestó Griselda—.
¿Sabías que cuando era joven jugaba muy bien al fútbol?
A lo mejor te puede ayudar...

Blancanieves fue a ver a Rumpelstiltskin.
—Siento haber roto los gnomos —dijo.

—Estaba jugando al fútbol, pero cometí un error.
¿Me podrías ayudar a jugar mejor?

—Está bien —dijo Rumpelstiltskin—.
Seré tu entrenador si tú me ayudas
a reparar los gnomos.

—¡Trato hecho! —dijo Blancanieves.

A la semana siguiente, Blancanieves ayudó a Rumpelstiltskin
a reparar los gnomos, y él le enseñó tácticas para jugar en equipo.

—¿Nos puedes ayudar a nosotros también?
—preguntaron Juan y Ricitos de Oro.

Muy pronto, Rumpelstiltskin se convirtió en el entrenador del equipo.

Por fin llegó el día del partido contra los ogros.

—¡Recuerden que para ganar hay
que jugar como un equipo unido!
—les dijo Rumpelstiltskin.

Juan anotó el primer gol, pero los
ogros anotaron otro. Blancanieves
anotó el segundo gol, pero
los ogros también anotaron.

¡Iban empatados a dos y solo quedaba un minuto
para terminar el partido! Blancanieves tenía la pelota.

—¡Pásamela! —gritó Juan. —¡Aquí! —dijo Ricitos de Oro.

Blancanieves dudó. Quería ser
la estrella goleadora de su equipo,
pero Ricitos de Oro estaba más cerca del arco.

Entonces recordó las palabras de Rumpelstiltskin:
¡Jueguen como un equipo unido!

Blancanieves respiró hondo y le pasó la pelota
a Ricitos de Oro, que a su vez la pateó y la metió en la red
¡un segundo antes de sonar el silbato!

¡Bravo!

¡Los amigos de los cuentos habían ganado!

—Puede que no hayas anotado el gol ganador, pero ahora es más divertido jugar contigo —le dijo Ricitos de Oro a Blancanieves—. ¡Y sigues siendo una estrella!

Blancanieves estaba feliz.
—¡En este equipo
todos somos estrellas!

95

Siguientes pasos

Temas de conversación

Comente con los niños el significado de la palabra "compañerismo" o del trabajo en equipo. Explíqueles que es importante que un equipo esté unido para conseguir algo y comente cómo se sienten las personas cuando forman parte de un equipo. Abajo tiene sugerencias para hablar sobre el cuento. Estas conversaciones ayudan a mejorar la comprensión y las destrezas críticas de los niños, además de ayudarlos a entender mejor el concepto del compañerismo.

• A Blancanieves le gustaba tanto el fútbol que hasta soñaba con él. Miren la ilustración de la página 2.
¿Qué creen que estaba soñando Blancanieves?

> • ¿Ustedes están en algún equipo?
> • ¿Alguna vez han estado en un equipo ganador? ¿Cómo se sintieron?

• ¿Por qué creen que era importante que Blancanieves les pasara la pelota a sus compañeros de equipo?

> • ¿De qué maneras han sido ustedes buenos compañeros de equipo?

• Rumpelstiltskin les dijo a los jugadores: "¡Animen a sus compañeros!, ¡Hay que apoyar a todos!, ¡Jueguen en equipo!, ¡Todos unidos!"
¿Creen que son buenos consejos para un equipo de fútbol?

> • ¿De qué otras maneras se pueden usar estos consejos en la escuela y con sus amigos?
> • ¿Cómo ayudan estos consejos a hacer amigos y mantenerlos?

• ¿Cómo creen que se sentía Blancanieves al final del cuento? ¿Cómo se sentían sus compañeros de equipo?

> • ¿Creen que es más importante ganar o ser buenos compañeros de equipo y trabajar en equipo?

Un periódico para el salón de clases

Haga un periódico grande con hojas dobladas de papel de azúcar. Entregue a cada niño una hoja blanca y explíqueles que van a hacer un periódico entre todos. Muestre ejemplos de periódicos en los que constribuyen muchos autores y forman parte de un equipo. Comente los momentos más importantes del último minuto del partido del cuento y escriba algunas oraciones en el pizarrón para describir el emocionante final. Pida a los niños que dibujen el equipo de Blancanieves y anímelos a escribir debajo una oración sobre el partido. Pueden copiar lo que escribió en el pizarrón o usar sus propias palabras. Pídales que trabajen juntos para pegar sus hojas en el periódico. Muestren el periódico a otros niños o expóngalo en la biblioteca de la escuela.